THE VAMPIRE'S ATTRACTION

Misao Higuchi / Ayumi Kano

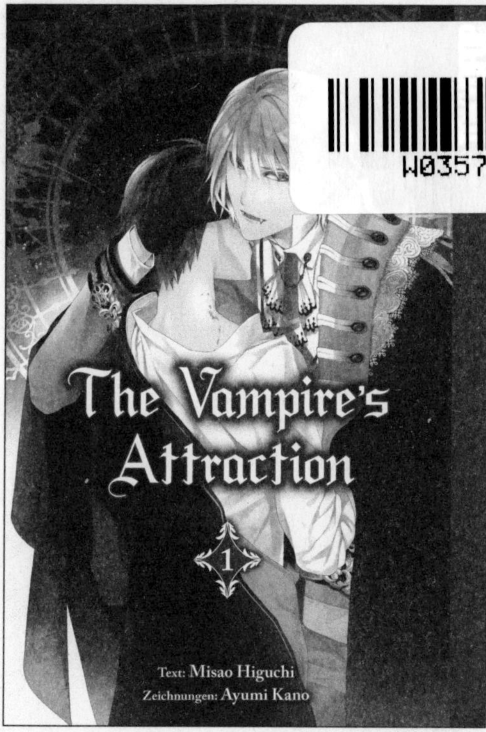

Vampirisches Verlangen!

Minato ist auf der Highschool und arbeitet nebenher als Haushälter im Schloss von Henri Tepes. Der mysteriöse und dominante Hausherr ist nicht nur Minatos Freund und extrem eifersüchtig, er ist auch noch ein Vampir! Damit er ihn vor anderen Vampir-Clans beschützen kann, will Henri, dass sich Minato vollständig an ihn bindet. Doch Henris Besitzansprüche und Minatos normales Leben kommen sich dabei immer wieder in die Quere ...

TOKYOPOP®

www.tokyopop.de

STOPP!

Dies ist die letzte Seite des Buches!
Du willst dir doch nicht den Spaß verderben
und das Ende zuerst lesen, oder?

Um die Geschichte unverfälscht und originalgetreu mitverfolgen zu können, musst du es wie die Japaner machen und von rechts nach links lesen. Deshalb schnell das Buch umdrehen und loslegen!

So geht's:

Wenn dies das erste Mal sein sollte, dass du einen Manga in den Händen hältst, kann dir die Grafik helfen, dich zurechtzufinden: Fang einfach oben rechts an zu lesen und arbeite dich nach unten links vor. Viel Spaß dabei wünscht dir TOKYOPOP®!

AFTER SCHOOL DATES

Kazumi Ohya

VIP vs. Normalo

Itsuki und Seiya besuchen eine hoch angesehene Akademie und leiten zwei Fachbereiche, die so sehr miteinander verfeindet sind, dass regelmäßig Ärger auf dem Stundenplan steht. Während der eine Schulzweig von reichen Erben und Promi-Söhnen besucht wird, tummeln sich in dem anderen ganz einfache Schüler. Nach Unterrichtsschluss jedoch denken Itsuki und Seiya an etwas ganz anderes als Streit: Die beiden sind heimlich ein Liebespaar!

TOKYOPOP®

www.tokyopop.de

ERMAFRODITO

Esa Parr

Verhängnisvolle Begierde

Venedig im Jahr 1549: Giorgio brennt leidenschaftlich für Medizin und Anatomie. Selbst Experimente an Menschen lässt er nicht aus. Zu seinem Versuchskaninchen macht er den schönen Belfore, der ihm als Lustknabe hörig ist. Doch liefert er nach einigen Jahren keine neuen Erkenntnisse. Als Giorgio im bunten Karnevalstreiben auf den engelsgleichen Hermaphroditen Harlow trifft, schöpft Giorgio Hoffnung für seine Forschung. Allerdings hat er nicht mit den zarten Gefühlen gerechnet, die Harlow für Belfore entwickelt ...

BLUE LUST

Hinako

Warum machen wir dieselben Fehler immer wieder?

Durch Zufall kann Hayato seinen neuen Mitschüler Soma von einem Selbstmordversuch abhalten. In der Folge entwickelt er eine Art Beschützerinstinkt gegenüber dem kontaktscheuen Jungen und hilft ihm dabei, sich sozial zu integrieren. In der Mittelschule hatte Hayato einen schwulen Freund geoutet, der somit zum Mobbingopfer wurde, was ihm noch nachhängt. Doch als Soma mehr von ihm will, sieht sich Hayato mit einer ähnlichen Situation wie damals konfrontiert ...

TOKYOPOP

www.tokyopop.de

HOW I FEEL ABOUT YOU

Chise Ogawa

Meine Gedanken drehen sich nur um dich

Neben dem hübschen Fukamachi fühlt sich Maki wie das Vorzeigemodell eines Durchschnittsjungen. Doch ausgerechnet dieser Schönling hat sich in Maki verguckt und bringt seinen tristen Alltag ganz schön durcheinander. Mit seinem aufmerksamen Blick und seinen liebevollen Worten gelingt es Fukamachi, dass Maki ihm langsam sein Herz öffnet ... Vereint in einem Kurzgeschichtenband präsentiert *Caste Heaven*-Mangaka Chise Ogawa ihre ersten Boys-Love-Geschichten – witzig, sexy und wunderbar leicht erzählt!

UNTER DER OBERFLÄCHE

Emi Mitsuki

Die Höhen und Tiefen der Liebe

Kobayashi hat seinen Traumjob gefunden: Endlich arbeitet er in der Filmbranche, und dann auch noch mit einem renommierten Regisseur! Allerdings gerät er immer wieder mit seinem Vorgesetzten aneinander und ist daher mehr als genervt. Sein Leid klagt er seinem ehemaligen Kollegen Ishihara, der ihm beim Feierabendbier geduldig zuhört. Eines Abends verschlägt es die beiden jedoch in einen mysteriösen Club und es folgt heißer Sex im Separee ... In ihrem ersten Kurzgeschichtenband erzählt Emi Mitsuki von Leidenschaft, Geheimnissen und überraschenden Gefühlen!

TOKYOPOP

www.tokyopop.de

DEADLOCK

DEADLOCK

PROFILE

Saki Aida

Geboren: am 3. Januar
Sternzeichen: Steinbock
Blutgruppe: AB

Hier ist der langersehnte dritte Band. Da der vierte Band, der den Abschlussband bildet, gleichzeitig veröffentlicht wurde, solltet ihr beide Bände hintereinander an einem Stück lesen!*

Yuh Takashina

Geboren: am 15. Oktober
Sternzeichen: Waage
Blutgruppe: A

Ich freue mich, dass wir endlich den dritten und vierten Band rausbringen konnten. Vielen herzlichen Dank an alle Leser! Es würde mich sehr freuen, wenn ihr Spaß beim Lesen habt.

*Anm. d. Red.: Die zeitgleiche Veröffentlichung von Band 3 und 4 bezieht sich hier auf die jap. Originalausgabe.

Ah ...
HUST
Jemand wie du kriegt das sicher hin ...
Du wirst Corvus bestimmt finden können.
Dick hat sicher schon Vorkehrungen getroffen.
Genau ...
Ich brauch mir keine Sorgen machen ...
Ich wünsche dir viel Glück!
Willst du nicht mit mir kommen ...
... Yuto?
Mission: 15 ENDE

Yuto ...
... wenn die Nationalgarde hier einmarschiert, werde ich den Aufruhr nutzen und ausbrechen.
Sobald ich draußen bin, hab ich vor, Corvus zu jagen.
...
Ach ja ...?

In Kürze werden die Nachrichtenstationen beginnen, über den Aufstand hier drinnen zu berichten.
Wenn ich an die vergangenen Gewaltvorfälle in diesem Gefängnis denke, befürchte ich, dass sie letztendlich die Nationalgarde einmarschieren lassen.
Da BB nach uns sucht, sollten wir uns bis dahin hier verstecken.
Hah ...
Ja ...

Es ist nicht deine Schuld.
Ich war selbst zu übervor-sichtig.
Ich hätte ihn damals schon umbringen sol-len, als er Joker attackierte.
Ich wusste, es würde keine Handlungsmög-lichkeit mehr geben, sobald der Krawall ausbrach ...
Es scheint, mein Instinkt ist hier im Knast abgestumpft.

Er hielt sich brav im Gefängnis auf, weil die ermittelnden Abteilungen hier nicht nach ihm jagten und er sich in Sicherheit wog.
Aber da er jetzt weiß, dass sein Aufenthaltsort aufgeflogen ist und ein Attentäter auf ihn angesetzt wurde, wird er natürlich fliehen.
Da er eine Verbindung zum Anstaltsleiter hat, ist er sicher schon auf freiem Fuß.
...
Oh nein ...
Dick ...
Sorry, es ist alles meine Schuld ...
Nur weil ich im Weg war, konnte Corvus entwischen ...

Ich bin der CIA zwar nichts schuldig, aber da ich bei ihnen unter Vertrag stehe, ist es meine Pflicht, ihre Geheimnisse zu wahren.
Zumal du in der Sache praktisch mein Rivale bist.
Mehr als das kann ich dir nicht bieten.
Ich versteh das ...
Ich bin dir dankbar, dass du mir das alles erzählt hast.
...
Was wird Nathan ...
... nein, Corvus von jetzt an wohl tun?

Was hast du ...?
Ich hab keine Kraft mehr ...
Ich mach mich hier voll zum Clown, was?
Ich hab brav nach eurer Pfeife getanzt ...
Ich hab mich an die wenigen Infos gehalten, die mir das FBI zur Verfügung stellte und nach Corvus gesucht.
Dabei war Corvus die ganze Zeit an meiner Seite ...
Genauso wie ein Mann, der Corvus und mich beobachtete ...
Ich hab auf dich sicher wie ein lästiger Vollidiot gewirkt, was ...?
WUSCHEL
Werd nicht depressiv!
Und wessen Schuld ist das?!
Werd nicht wütend!

...
Ich hatte nicht den blassesten Schimmer, dass Nathan Corvus ist ...
Er hat mich perfekt getäuscht!
Dabei hab ich ihn bewundert ...
Das kann man dir nicht verübeln.
Selbst ich, der seine wahre Identität kannte, geriet immer wieder ins Zweifeln, ob er wirklich Corvus ist.
Solche Typen sind eine Seltenheit ...
Typen, die nicht einfach nur was vorspielen, sondern wirklich zu der anderen Person werden.
...

War das vielleicht der Grund, warum du bei dem Vorfall mit Lindsay so sauer wurdest ...?
Ja ...
Wärst du dem Falschen hinterhergejagt, wäre Corvus womöglich auf deine wahre Identität aufmerksam geworden.
Dann wäre die Wahrscheinlichkeit groß gewesen, dass er weglaufen würde.
»Mach nie wieder so was Unnötiges.«
»Das kotzt mich an!«
Deswegen war er so ...

Er arbeitet mit der CIA zusammen.
Als Wachenleiter hat er die Zellenaufteilung beeinflusst ...
Er fungiert als Kommunikationsverbindung zwischen der CIA und mir.
Und auch Spencer arbeitet mit ihnen zusammen.
1203~1277
Gibt es auch einen Grund, warum Corvus so nett zu mir war?
Ja, er ist zu Neuankömmlingen immer nett und spricht sie an, um auszuchecken, um was für eine Person es sich handelt.
Er schien dich zu verdächtigen, da du hier und da herumgeschlichen bist.

Natürlich nicht.
Wie man es auch dreht und wendet, es wäre schon seltsam, wenn die beiden Schützlinge der CIA und des FBIs per Zufall in der gleichen Zelle landen, oder?
Aber wie haben sie das angestellt ...?
Kann die CIA sich sogar in die Interna dieses Gefängnisses einmischen?
Wenn sie das können, wozu haben sie dich dann überhaupt reingeschickt?
Das stimmt so nicht.
Es ging durch Gathly.

Wärst du für mich zu einem Hindernis geworden, wäre es für mich notwendig gewesen, entsprechende Maßnahmen zu ergreifen.
Deswegen ...
Das ist also der Grund, warum Dick anfangs so kalt zu mir war.
Dann ...
... ist es auch kein Zufall, dass wir Zellengenossen wurden.

Wegen mir? Warum ...?
Corvus befahl den übriggebliebenen Mitgliedern des White Heaven einen weiteren Terrorakt und so kam ihm auch das FBI auf die Schliche.
Die CIA wusste davon und hatte dich unter Verdacht, ein Ermittler des FBIs zu sein. Sie trugen mir daher auf, dich zu beobachten.
Sie wollten wissen, wie viel das FBI bereits über Corvus wusste.
Ich hab von deinem Verhalten her darauf geschlossen, dass das FBI keine genauen Infos über Corvus hatte.
Das hatte mich ehrlich gesagt beruhigt ...

Genau ...
Die CIA hatte allerdings Bedingungen ...
Ich sollte Kontakt zu ihm aufbauen und so viele Infos wie möglich aus ihm herauskriegen.
Die CIA wollte mehr über die Organisation wissen, die hinter ihm steht.
Corvus fand Gefallen an mir und ich konnte über das Jahr hinweg einiges an Informationen sammeln.
Ich überzeugte sie davon, dass es nun mehr als genug Infos waren und bekam endlich die Erlaubnis, ihn auszuschalten.
Aber gerade als ich dachte, ich könnte es endlich zu Ende bringen, tauchtest du auf ...
... und die CIA setzte mir wieder einen Riegel vor, was seine Eliminierung anging.

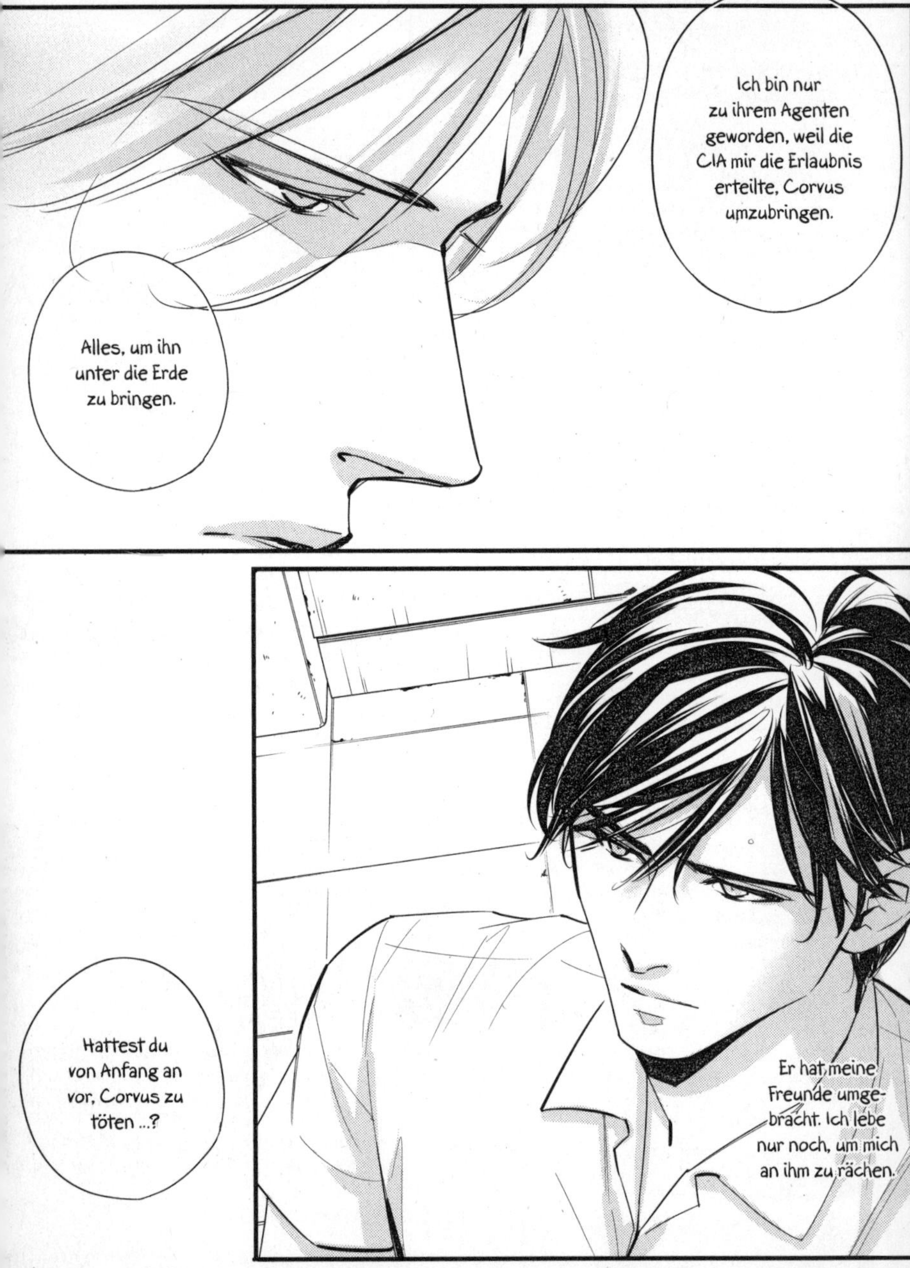
Ich bin nur zu ihrem Agenten geworden, weil die CIA mir die Erlaubnis erteilte, Corvus umzubringen.
Alles, um ihn unter die Erde zu bringen.
Er hat meine Freunde umgebracht. Ich lebe nur noch, um mich an ihm zu rächen.
Hattest du von Anfang an vor, Corvus zu töten ...?

Wenn ich deine Story so höre, dann scheint die CIA ja viele Infos über Corvus zu haben.
Das FBI hinkt völlig hinterher.
Die CIA und das FBI waren schon immer Rivalen, deswegen teilen sie ihre Infos nicht.
Vielmehr versuchen sie verzweifelt, die jeweils andere Organisation zu überlisten.
Es ist ziemlich stupide.
Obwohl beide Organisationen Anzeichen für terroristische Aktivitäten hatten, konnte die Polizei den Vorfall nicht verhindern, da sie die Informationen nicht voreinander preisgeben wollten.
Sie besitzen keinerlei Moral.
Auch die verzweifelte Jagd der CIA auf Corvus dient allein dem Schutze ihrer eigenen Organisation.
Seit Jahre werden sie vom Pentagon zurechtgewiesen und für den Fehlschlag der Polizei oder die Invasion in den Irak beschuldigt.

Die CIA war nach dem Belagerungsvorfall durch White Heaven auf der Suche nach Corvus, von dem jede Spur fehlte.
Letztendlich bekamen sie die Info, dass er sich als Nathan Clark ausgab und hier im Gefängnis versteckte.
Dann kontaktierten sie mich, rekrutierten mich als Agenten und schickten mich hierher …
Natürlich kam mir das mehr als gelegen.
Die CIA wollte sich meine Militärkarriere und mein Verlangen nach Rache zunutze machen.

Wie mir?
Ja ...
Ich wurde von der CIA kontaktiert.
Scheinbar beobachteten sie Corvus schon seit einigen Jahren.
Es ist ein Mann, der brillante Tricks beherrscht, um jungen Leuten eine Gehirnwäsche zu verpassen. Aber er ist nicht einfach nur der Anführer eines Kults.
Er ist mit unzähligen Terrororganisationen verbunden, sponsort sie und bietet ihnen Unterstützung an.

Ich wünschte mir nichts mehr, als Corvus zu finden und mich an ihm zu rächen ...
Kurz darauf verfiel ich in tiefste Verzweiflung.
Ich verlor meinen Lebenswillen und trat aus dem Militär aus.
Ich dachte immerzu an Noel und die anderen und verbrachte meine Tage damit, meinen Kummer in Alkohol zu ertränken ...
Danach passierte mir das gleiche wie dir ...

Ich war mir bewusst einen Job zu haben, bei dem der Tod immer nah war ...
... aber ich konnte diese Grausamkeit Corvus einfach nicht verzeihen.
Ich war verletzt und musste ins Krankenhaus. Während meines Aufenthalts übermannten mich meine Frustration und meine Wut.

...
Die Explosion war eine Anweisung des Anführers von White Heaven, nachdem sie sich ergeben hatten.
Sie sagten, sie hätten es getan, um alle Beweise zu vernichten, aber ich denke, er hat einfach aus Spaß die Geisel und meine Freunde in die Luft gejagt.
Corvus ist ein derart grausamer Mann.
Er war geflohen, gab seinen Verbündeten aber Instruktionen übers Telefon.
Er befahl ihnen, die vorbereitete Zeitbombe zu schalten, kurz bevor sie sich ergaben.
Corvus ...
... ist also doch der Anführer jenes Kults ...

...
Aber warum gab es eine Explosion ...?

Auf einen Schlag war alles ...
Ich wäre lieber mit ihnen zusammen ge- storben!

Die drei waren tot.
Ihre Körper so zerstückelt ...
... dass man nicht mal mehr sagen konnte, wer wer war ...

Der zweite Stock der Bergvilla wurde komplett zerstört, sodass nichts mehr übrigblieb.

Nach einer Weile kam ein Täter nach dem anderen mit erhobenen Händen heraus und ergab sich.
Auf Befehl eines Vorgesetzten suchten wir drinnen nach verletzten Geiseln.
In einem Zimmer des zweiten Stocks lag eine männliche Geisel verletzt und bewusstlos.
Ich bekam von unserem Anführer Frank den Auftrag, eine Trage zu holen und somit war ich der Einzige, der das Gebäude verließ …

Im Februar vor zwei Jahren ...
... erhielten wir einen Notfall-Ausrückbefehl.
Wir sollten die Geiseln befreien, die Opfer eines Belagerungsvorfalls einer bewaffneten Gruppe namens »White Heaven« geworden waren und diese komplett ausschalten.
Wir eilten von unserer Basis in Fort Bragg zu einer Bergvilla in einem Staat von South Carolina, die der Tatort war.
Er war eine ungewöhnliche Mission innerhalb des Landes. Ich schätze, die Regierung wollte den Vorfall aus der Welt schaffen, bevor er an die Öffentlichkeit gelangen konnte.
Ein Verhandlungsführer des Militärs war bereits dort, um sich mit den dort verbarrikadierten Kriminellen zu unterhalten. Die Situation wurde so eingestuft, dass ein gewaltsames Eindringen nicht notwendig sein würde.

DEADLOCK
Mission: 15

DEADLOCK

Wir kamen ganz natürlich zusammen.
Frank und Jonathan akzeptierten unsere Beziehung.
Ein hingebungsvoller Geliebter und verständnisvolle Freunde ...
Ich, der sonst immer allein war, hatte zum ersten Mal das Gefühl, eine Familie zu haben.
Zumindest bis Corvus sie mir geraubt hat ...
Mission: 14 ENDE

Ich verstand mich gleich mit dem zwei Jahre älteren Noel.
Er war ruhig und freundlich zu jedermann ...
Als ich ihm jedoch erzählte, dass ich schwul bin, fing er plötzlich an, sich komisch zu benehmen.
Ich dachte, er würde mich nun hassen, aber dem war nicht so ...
Er gestand mir, dass er ebenfalls schwul und schon länger in mich verliebt war.

Wenn wir frei hatten, ruhten wir uns dort aus und hatten eine gute Zeit, bis wir zur nächsten Mission rausmussten.
Die drei waren meine besten Freunde, aber insbesondere Noel bedeutete die Welt für mich.
Er war nämlich mein Geliebter ...

In der Delta Force bilden vier Mann ein Team und agieren gemeinsam.
Mein Team verstand sich richtig gut.
Jonathan
Noel
Frank
Mit ihnen zusammen war jede Mission machbar, egal wie schlimm sie war.
Wir lebten in einer Basis in Fort Bragg in North Carolina ...
... aber irgendwann schmissen wir zusammen und kauften uns ein Strandhaus.

Ich hatte dir ja schon erzählt, dass ich als Waisenkind in einer Einrichtung aufwuchs.
U.S. ARMY
Als ich da raus war, meldete ich mich bei der Nationalgarde, um ein Stipendium zu bekommen und an die Uni gehen zu können.
Nach meinem Studienabschluss trat ich der Armee bei und arbeitete für die Green Berets*. Danach trat ich der Delta Force bei.
Die offizielle Bezeichnung war: erste Einheit für Sonderoperationen des amerikanischen Militärs.
* Luftlande-Sondereinsatzkommando des Heeres der Vereinigten Staaten.
Die Delta Force ... Das Pentagon gibt die Existenz dieser Einheit nicht offiziell zu, oder?
Richtig ...
Die Hauptaufgabe sind geheime Missionen in Übersee.

Ja ...
Ich möchte mehr über Dicks Vergangenheit erfahren ...
Ich möchte alles über ihn wissen ...
Möchtest du einen Kaffee ...?
...
Das wird 'ne lange Story ...

* Eine Spezialeinheit der US Army mit den Einsatzschwerpunkten Terrorismusbekämpfung und Geiselbefreiung.

Hab ich dich überrascht ...?
Nenn mich fürs Erste weiterhin Dick.
...
Dick ...
... wer zum Teufel bist du?

Die Person Nathan war also lediglich sein Cover?
Ein leichtes Spiel, wenn einem eine mächtige Orga-nisation den Rücken stärkt. Ist in meinem Fall nicht anders ...
Ich wurde zu Dick Burnford, dem Polizisten-mörder und kam hierher ...
... um nach Corvus zu suchen.

...
Ich hörte vom FBI, dass Corvus auf dem Rücken eine Brandnarbe haben soll.
Egal wie oft ich mit Nathan duschen war, ich hab nie eine gesehen ...
Er hat sich einer Schönheitsoperation unterzogen, bevor er hier ins Gefängnis kam.
Dabei wurde sicher auch die Brandnarbe entfernt.
Außerdem ist er nicht der echte Nathan Clark.
Er nahm Nathans Identität an und versteckte sich hier im Shelger-Gefängnis.

Verstehe ...
Klingt typisch fürs FBI.
Lass es mich direkt sagen, ich bin nicht Corvus.
Nathan ist es.

WEND
Du bist also doch vom FBI?
Was für ein fieses Missverständnis.
Nein ...
Ich hab dir doch erzählt, dass ich Ermittler bei der DEA war?
Und auch, dass mein Partner umgebracht und ich wegen einer falschen Anschuldigung festgenommen wurde. All das war die Wahrheit. Ich hab nicht gelogen ...
Das FBI bot mir einen Deal an.
Ich würde freigelassen werden, sollte ich Corvus hier in diesem Gefängnis finden.

Dick ...
... bitte erklär es mir. Ich versteh gar nichts mehr ...
Ich hatte mich sogar schon gefragt, ob du Corvus sein könntest ...

Wird die Wache hier keinen Kontroll- gang machen?
Das Chaos des Westturms hat sich sicher auch schon auf den Ostturm ausgeweitet.
Sie werden verzweifelt versu- chen, den Krawall unter Kontrolle zu bringen und haben jetzt keine Zeit dafür.
Es wird be- stimmt ein paar Tage dauern, einen derart massiven Aufstand unter Kontrolle zu kriegen.
Setz dich ...!
Ich schau mir deine Wunde am Hals an.

Scheint eine Art Reserve-Lebensmittellager zu sein.
Viele Sachen, die nicht schlecht werden oder lange haltbar sind.
Hier lang ...
KRIEE
Das ist der Pausenraum der Küche.
Er ist zwar klein, aber er hat ein Klo. Verbarrikadieren wir uns hier für eine Weile.

KACHAK
KLICK
HAH
HAH
Wo sind wir ...?
HAH

KEUCH
KEUCH
KLIMPER
KLICK
KACHAK
FETZ

DOSCH
KICK
Hier lang, Yuto!

TAPP
TAPP
TAPP
Hab sie gefunden! Da sind sie!
Tse!

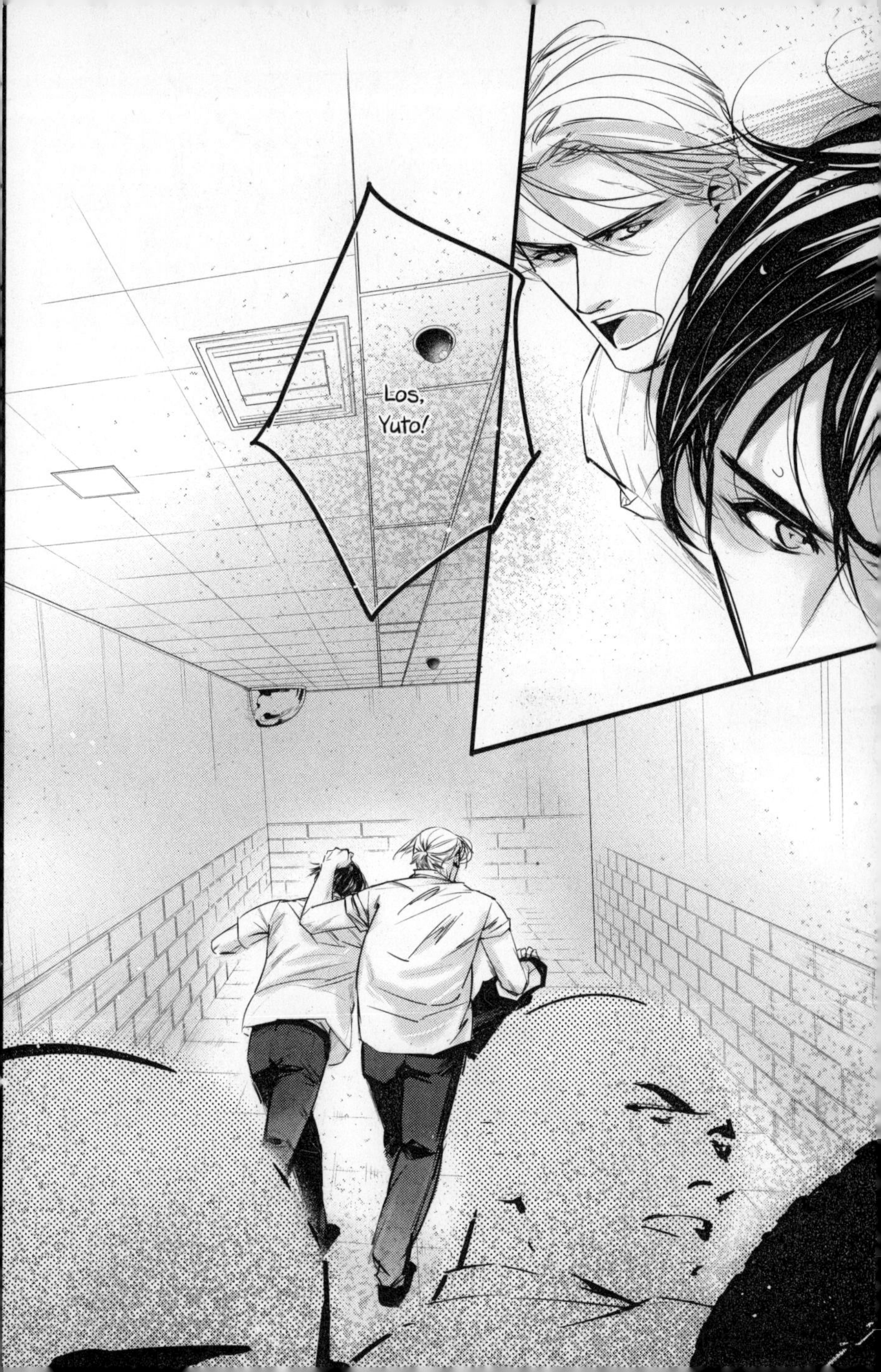
Los, Yuto!

Was war das?!
Das war Nathan ...!
Der Bastard hat 'ne Knarre!
BANG
Argh ...!
Uwah?!
Gyaah!
BANG

Renicks ist bei ihm! Killt die beiden!
Jetzt! Komm!
Wartet!
BANG

KLICK
Da bist du ja, Burnford!

Es war nicht alles gelogen.
Es stimmt, dass ich Nathans Mutter umgebracht hab.
Was meinst du ...?
SST
Leb wohl, Yuto ...
Es hat ziemlich Spaß gemacht, dir eine Freundschaft vorzugaukeln!

Er war immer so freundlich, voller Mitgefühl ...
... und hat unermüdlich für das Wohl anderer gearbeitet ...
Ich wollte mal probieren, wie es ist, so ein Mann zu sein. Mein komplettes Gegenteil.
Aber jetzt hab ich die Schnauze voll ...
Der Nathan Clark, den du kanntest, existiert nich mehr!
Dann war deine Story über die falsche Anschuldigung auch nur eine Lüge?
Ja, eine Lüge, um dich dazu zu bringen, mir zu vertrauen ...
Nein warte ...

Hör auf!
Was für eine bezaubernde Freundschaft ... Oder besser gesagt Liebe?
Was auch immer, es schmerzt mich, das mit anzusehen.
Lasst mich euch wenigstens zusammen sterben lassen. So muss keiner von euch traurig sein.
Nathan ...!
Hör bitte auf! Was zum Teufel ist los mit dir?!
Das bist nicht du ...

DEADLOCK
Mission: 14
BAMM
Zu schade, Dick.
Dabei sah es so aus, als könnten wir gute Freunde werden.

DEADLOCK

Spar dir die Spitzfindigkeit! Joker war dir doch einfach nur im Weg!
Bringst du ihn um, entsteht totaler Krieg zwischen den Schwarzen und den Chicanos und es gibt höllischen Aufruhr.
Auf die Chance hast du doch die ganze Zeit gewartet!
Diesen Krawall zu veranstalten war eine Anordnung von oben, oder?
Hut ab vor deiner scharfsinnigen Intuition.
Du bist aber zu nachlässig, Dick ...
Gegen mich kannst du nicht gewinnen.
Mission: 13 ENDE

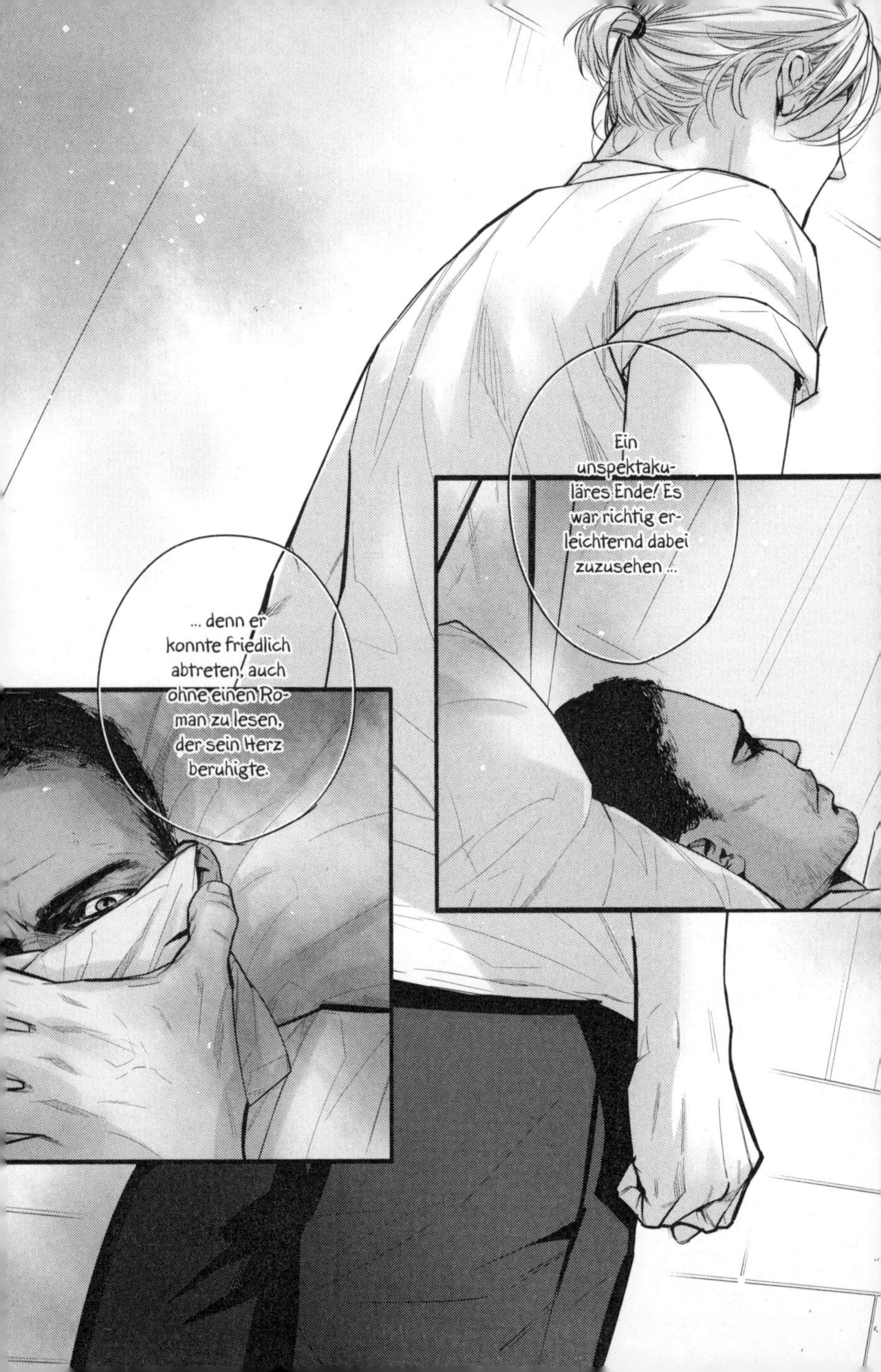
Ein unspektakuläres Ende! Es war richtig erleichternd dabei zuzusehen ...
... denn er konnte friedlich abtreten, auch ohne einen Roman zu lesen, der sein Herz beruhigte.

Sag mir eins ...
... warst du es, der Joker umgebracht hat?
Umgebracht? So ein Quatsch ...
Ich hab ihm nur ein bisschen das Maul gestopft, um seinen Leiden ein schnelles Ende zu setzen.

FSCHAA
Yuto, greif nach dem Lauf und heb sie auf.
Braver Junge!

Dick, mach was ich sage!
Oder ist es dir egal, wenn Yuto stirbt?
RITZ
Hör auf!
Ich mach was du sagst ...
... tu Yuto also nichts.

Nathan ...?
Sorry, Yuto, aber du wirst jetzt meine Geisel.
Dick scheint dich zu lieben, daher passt es hervorragend.
Dick, lass deine Waffe hier rüber-gleiten ...
Eine unnötige Bewegung und ich schlitze Yuto die Kehle auf!

Hast du mich ein ganzes Jahr geduldig beob-achtet?
Was für ein bewun-dernswertes Durchhalte-vermögen!
Ich hab dir die Nummer total abge-kauft!

Dick, hör auf!
Nimm die Waffe runter!
Warum ...?
...
Ich geb auf ...
Wer hätte das von dir gedacht?

Spar dir die Schauspielerei, Nathan.
Yuto, komm zu mir.
Du musst sofort weg von Nathan.

Was hast du vor ...?
Dick, war...?
BANG

...
Dick ...
Zeig deine rechte Hand.
...

Nicht, Yuto! Du darfst nicht zu ihm.
Dick trägt eine Waffe.
Hä ...?

Dick!
Yuto ...
Was machst du hier ...? Ich sagte doch, du sollst zur Krankenstation gehen!
Aber ich hab mich gefragt, ob Nathan noch in der Bibliothek ist ...
Komm zu mir rüber.
Hä?
Komm her! Schnell!
PACK

Ich mach mir Sorgen um Dick und Miki.
Ja ... Mit Dick war ich bis eben noch zusammen, daher denke ich, er ist okay ...
Ach ja? Wo ist er jetzt?
3
6
9
#

Was ist los, Yuto? Warum die Panik?
Im Westturm ist Chaos ausgebrochen. Es herrscht totaler Krieg zwischen Schwarzen und Chicanos.
Lass uns zusammen auf der Krankenstation Unterschlupf suchen.
Ah, also ist es tatsächlich passiert.
Die Sirene nervt seit eben schon ... Bei dem Lärm müsste man meinen, jemand hätte so einen Brand gestiftet, dass man schon den Rauch sehen kann ...
Die tobende Insassenmeute wird womöglich auch hierherkommen. Lass uns schnell abhauen!
Warte! Ich möchte meine wertvollen Dokumente und Bücher mitnehmen.
Nathan ...
Ich weiß ja. Ich reiß mich zusammen!
Schau mich nicht so genervt an ...

Ist Nathan immer noch hier?
Ah!
Die Biblio-thek!
Rechtsbibliothek
BAMM
Nathan! Bist du da?!

Yuto ...
... ich hab noch was zu erledigen. Geh du schon mal vor zur Krankenstation.
Schließ von innen ab und versteck dich, damit dich BBs Handlanger nicht finden, kapiert?
Dick, was ...?
Wir reden später. Geh jetzt!
SCHUBS
...
EIL

Was ist im Westturm passiert?!
Die Schwarzen und die Chicanos haben einen Krieg angezettelt.
Gathly, gib mir den Hauptschlüssel. Ich gehe das Gepäck holen.
Hah!
Mach schnell!
Ich möchte die Sache erledigen und mich dabei frei bewegen können.
Es heißt jetzt oder nie.
...
Alles klar ...
KLIMPER

In Block D wurde wurde vorhin ein Schwarzer vom Gang hinuntergestoßen und ist gestorben.
Er war ein Neutraler, der sich nach Jokers Tod um Verhandlungen mit den Chicanos bemühte.
Wahrscheinlich ist das BBs Werk.
Zweifellos erkannte Rivera das und es bestärkte seinen Entschluss.
Wenn das Chaos hier erstmal ausgebrochen ist, wird das kein reiner Rassenkonflikt bleiben.
Die in den Insassen angestaute Wut wird explodieren wie ein Vulkan ...
Burnford!

DEADLOCK
Mission: 13

DEADLOCK

Nein ...
Früher oder später wäre es sowieso passiert.
Es ist meine Schuld.
Mission: 12 ENDE

WEEHEEE
WEEHEEE

Lass uns gehen.
Bleibst du hier, wird Rivera aus Sorge nicht frei agieren können.
Pass auf dich auf, Rivera! Ich bete, dass du da heil wieder rauskommst!
Neto!!

Neto ...!
Yuto ...
... flieh zum Haupt-turm! Geh zusammen mit Dick!
BB wird versu-chen, euch um jeden Preis zu finden.
Begebt euch für eine Weile an einen siche-ren Ort.
Tonya hab ich auch einen Bodyguard an die Seite gestellt und sie evakuie-ren lassen.
Neto, kommt nicht infrage! Ich kämpfe mit dir!
Das ist ein Kampf zwischen den Schwarzen und uns. Du verschwindest schnell von hier.
Aber ...!
Yuto!

Die Loco Hermano ...?

Was ...?!

Yuto ...
... packen wir's an?
Ja!

Uh ...
Scheiße ...!
HAH
HAH

...
Dieser Bastard ...!
Warte!
Dick!
Schnappt sie!

Los!
Dick ...!
Dick Burnford ...!

Gyaaah
...!

PACK
KNIRSCH
Du bist derjenige, der auf der Krankenstation landet!
DOSCH
Urgh ...?!

Hey ihr!
Du willst, dass ich dich noch mal leiden lasse, was?
Schicken wir den Wichser wieder auf die Krankenstation!

Heh!
Jetzt sei doch nicht so verängs-tigt ...
Ich sagte doch, dass ich nächstes Mal ganz sanft sein werde!
Schließlich bist du jetzt meine gelieb-te Frau.
ANGEPISST
DOMP
Verarsch mich nicht!
Es gibt mit Sicherheit kein nächstes Mal, du Arschloch!

PACK
Bist du wieder aus der Krankenstation raus?
Yo, Yuto!
BB ...!
Lass los ...

...
Ich möchte Dick sehen ...
Ich muss das FBI direkt kontaktieren und berichten, dass Dick durch die Liste der zu Untersuchenden gerutscht ist ...
... aber zuvor ...
... möchte ich Dicks Erklärung dafür von ihm selbst hören.
Auch wenn es sich dabei um eine Lüge handeln sollte ...
Ist hier viel los ...?
Ist die Wachabnahme schon vorbei?
904

PATAM
Heißt das, das FBI konnte Dick gar nicht erst finden?
Warum hat Spencer Dicks Körpermerkmale verheimlicht?
Sollte es zwischen Dick und Spencer irgendeine Verbindung geben ...
... ist die Wahrscheinlichkeit groß, dass er dank Spencer keine Untersuchung im Gefängnis durchlaufen musste und Kontakt zur Außenwelt hat.
Sollte Dick Corvus sein ...

Da ist sie!
Hä ...?!
Tatoo
Sie ist leer ...?!
Weder seine Brandnarbe noch die Narbe auf seiner Stirn sind verzeichnet ...
Spencer hat als verantwortlicher Arzt unterschrieben.
Was hat das zu bedeuten ...?
Solch auffällige Wunden können kaum übersehen worden sein.
Wurden sie absichtlich nicht notiert ...?

PATAM
Sicher ist hier auch Dicks Akte ...
RATTER
RATTER
Das sind sie! Die Krankenakten, in denen der Gesundheitszustand der Insassen notiert wird.

Scheiße ...!
BAMM
KRIEE
Hä ...?!
Die Tür zum Behandlungs-zimmer ...
KRIEE
War er beim Rausgehen so aufgewühlt, dass er vergessen hat abzuschließen?
Hah!

Womöglich ist Dick Corvus.
Nein ...
.. das kann unmöglich sein.
»Solltest du dir seinen Tod wünschen, mach ich auch das gerne.«
»Es würde mir keine Probleme bereiten, einen solchen Arsch zu töten.«

LÄRM
Wer hat ihm das angetan?
Hatte er Ärger mit den Schwarzen oder den Chicanos?
Was weiß ich?!
Wenn ich zurückkomme, erzähl ich's euch. Also benehmt euch!
Dick kommt gleich vorbei.
LÄRM
LÄRM
Ist jetzt doch noch ein Krieg zwischen den Black Soldiers und den Loco Hermanos ausgebrochen?
Wer weiß? Aber Russell, der Bastard, war ganz schön in Panik ...
...
SST

Mit der Brandnarbe auf seinem Rücken ...
... erfüllt Dick alle Kriterien für Corvus.
Aber etwas anderes bereitet mir viel mehr Gedanken ...
Warum war Dicks Name nicht auf der Liste der Verdächtigen des FBIs?
Die haben doch die Lebensläufe und Körpermerkmale aller Insassen gründlich überprüft.
Und dennoch ...
PATAM
KLATTER
KLATTER
Was ist los? Was soll der Lärm?
BAMM
Was hast du?
In Block D des Westturms gibt es einen Verletzten.
Er kann sich anscheinend nicht bewegen. Ich gehe zusammen mit dem Arzt hin. Meine Visite muss also warten.

Hey, bist du fertig mit Frühstück? Kann ich es wegbringen?
Hah!
Ja ...
Danke, ich bin fertig ...
KLACKER
KLACKER
KLACKER
KLACKER
...
HAH ...
Ich konnte gestern nicht schlafen ...

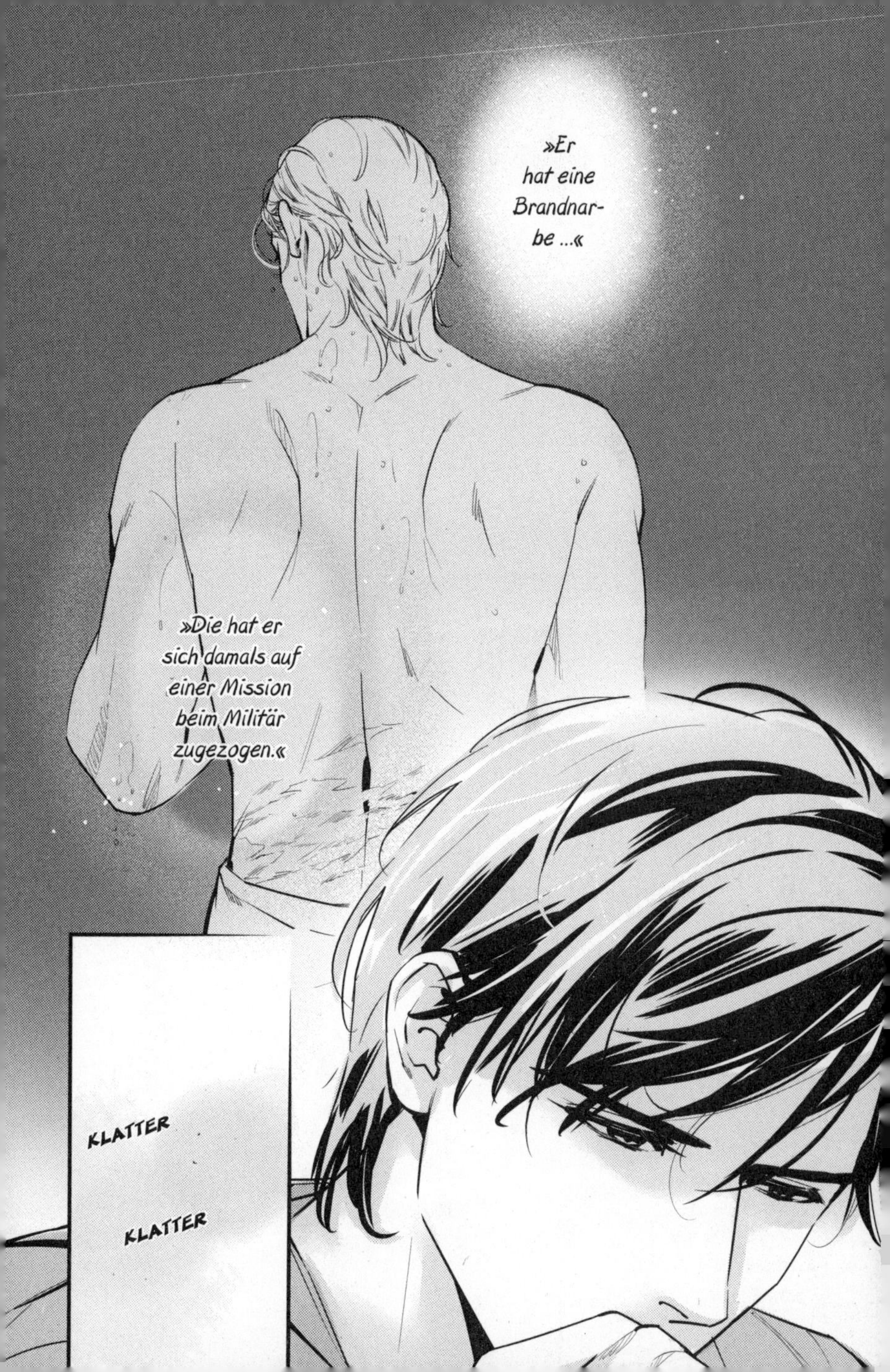
»Er hat eine Brandnar-be ...«
»Die hat er sich damals auf einer Mission beim Militär zugezogen.«
KLATTER
KLATTER

DEADLOCK
Mission: 12

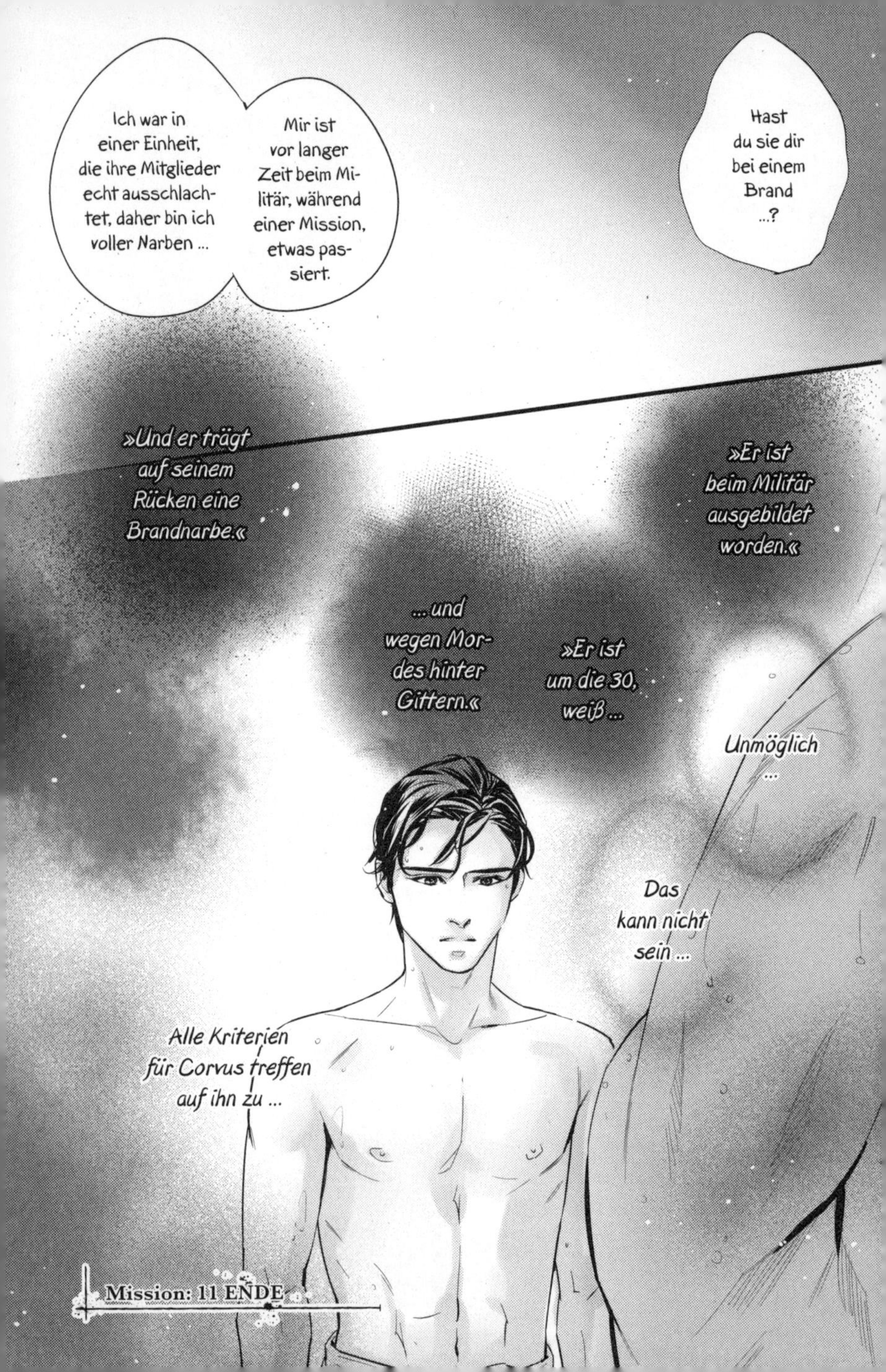

Ich war in einer Einheit, die ihre Mitglieder echt ausschlachtet, daher bin ich voller Narben ...
Mir ist vor langer Zeit beim Militär, während einer Mission, etwas passiert.
Hast du sie dir bei einem Brand ...?
»Und er trägt auf seinem Rücken eine Brandnarbe.«
»Er ist beim Militär ausgebildet worden.«
... und wegen Mordes hinter Gittern.«
»Er ist um die 30, weiß ...
Unmöglich ...
Das kann nicht sein ...
Alle Kriterien für Corvus treffen auf ihn zu ...
Mission: 11 ENDE

FSCHA
Was ist?
...
Dein Rücken ...
Hm? Ah ja, das ist eine Brandnarbe!

Das würdest du für mich tun?
DRÜCK
W... Wenn du das möchtest ...!
Heh!
Zwing dich zu nichts.
Es war wirklich nicht meine Absicht, mir von dir einen runterholen zu lassen.
Ich mach's später selbst.
Du solltest jetzt besser rausgehen, sonst steigt dir das Blut noch zu Kopf.
SCHUBS
...

STÖHN
...
HAH
FSCHA
ERRÖT
Ähm ...
Dick ...
Soll ich ... auch ran?
Es dir ... mit meiner Hand ...?

Ah ...
Hah ...!
Hah ...!
Mh ...!
Hah ...!
Hah ...!
Hah ...!

Nur ich kann dich sehen ...
Hah ...
Mh ...!
Ich will ...
HAH
Ich will ihn küssen ...

Dick, nicht ...
Das können wir nicht ...
Nein ...
Alles gut.
Ist doch nichts dabei.
Es ist sicher lange her, seit du das letzte Mal, ohne dass es dir peinlich war, deine Mauern fal-len gelassen hast und es dir jemand besorgt hat, was ...?
HAH
HAH
Hier ist niemand außer mir ...

Dick, was machst du da ...?!
Schon gut.
Halt einfach still ...
Ich werde dir nicht wehtun.
Vertrau mir.
Denk an nichts und überlass alles mir ...

Dick, das reicht jetzt.
Ich ...
Uh ...?
Du bist noch nicht ganz sauber.
Ah ...!

Yuto?
SCHUBS
DRÜCK
M...
Mir geht's wieder gut, also ...
Er hat's bemerkt ...
BLUS
...
Ich geh ... jetzt wieder raus ...
PACK

...
HAH
Hä ...?
Oh nein ...
Warum?
Uh ...
FSCHA

Dick ...

Yuto ...
Jeder hätte in deiner Situation Angst verspürt.
Du musst dich deswegen nicht so runtermachen. Es ist auch völlig okay zu jammern.
Ich war überzeugt, es würde dir wieder gutgehen, weil du so beruhigt wirktest ...
... aber mir hätte klar sein müssen, dass du nicht so schnell darüber hin-weg sein würdest ... Es tut mir leid, dass ich das nicht realisiert habe ...
...

Ich hasse mich dafür so sehr, ich könnte kotzen.
Ich bin in Wirklichkeit ein Feigling und ein hoffnungsloser Schwächling ...
Ich wollte es nicht wahrhaben und hab daher versucht, nicht darüber nachzudenken ...
... aber ...
Dick, ich bin total fertig ...
Ich kann nicht mehr ...

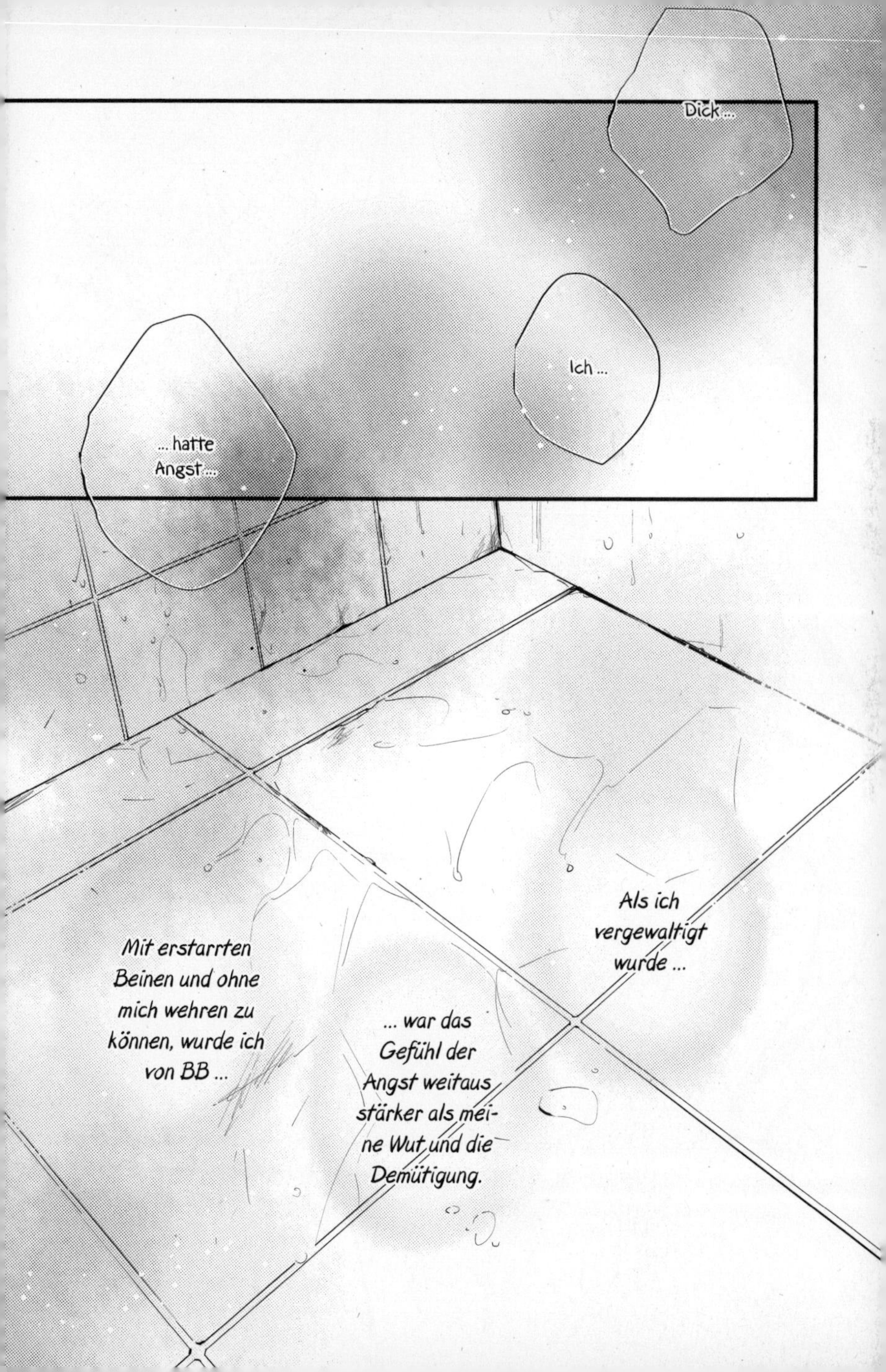
Dick ...
Ich ...
... hatte Angst ...
Als ich vergewaltigt wurde ...
Mit erstarrten Beinen und ohne mich wehren zu können, wurde ich von BB ...
... war das Gefühl der Angst weitaus stärker als meine Wut und die Demütigung.

Ich bin's.
Ich werde dich niemals verletzen.
Das weißt du, oder ...?

Sieh mir in die Augen!
Wen siehst du hier vor dir stehen?
Sag es!
...
Dick ...
Richtig!

DEADLOCK
Mission: 11

DEADLOCK

KEUCH
KEUCH
Yuto ...?
BATS
Ah ... Nein ...!
Yuto?
Nicht! Aufhören ...!
Ich will nicht ...
Yuto, reiß dich zusam-men!
Lass los ...!
Hör auf!
Sieh mich an, Yuto!
Mission: 10 ENDE

...
Du bekommst blaue Flecken.

Du bist ein weichherziger Kerl, was ...?
Komm, steh auf. Ich wasche deinen Rücken.
Das bisschen schaffe ich auch selbst ...
Nur noch den Rücken, dann darfst du selbst.
Bist du meine Mama, oder was?!
Du bist echt überfürsorglich, auch wenn du gar nicht danach aussiehst, Dick!
Ich würde das nicht für jeden tun.
BADUMM

FSCHA
RUBBEL
RUBBEL
Fühlt sich gut an ...
Scheinbar wurde Hawes gestern aus dem Gefängnis entlassen.
Ach ja ...?
Ist das okay für dich?
Ja ...
Er war auch nur ein Opfer.
Er hat sich sicher Sorgen gemacht und es war bestimmt hart für ihn.

Los, zieh dich schnell aus und geh rein.
Du hältst mich so nur von meinen Pflichten ab.
...
Selbst-süchtiger Kerl ...
Wieso bläst er sich so auf?
FSCHA
Setz dich auf den Stuhl, ich wasch dir die Haare.
Hä?!
Nicht nötig! Das kann ich allein.
Du hast immer noch Fieber. Was wenn dir schwindelig wird und du stürzt?
Ach so ... Das ist nur Teil seiner Arbeit?
Er macht sich nur Sorgen, mich allein ins Bad zu lassen.

Hier ist der Duschraum. Pass auf deine Füße auf.
Danke, Di...
Hä?
WUSCHEL
Ich spring mit rein.
Ich dusche immer hier vor dem Abend-essen.
Ähm, du willst mit rein ...? Ist die Dusche hier nicht nur für eine Person?
Sie ist extra breit gebaut, damit ein Helfer mit hinein kann. Für zwei Männer ist sie also absolut ausreichend.

Vier Tage später ...
Dick, ich würde gerne duschen ...
Ja, alles klar.
Du hast wieder etwas Fieber, aber morgen kannst du in deine Zelle zurück.
Duschen darfst du jetzt auch wieder!
Vielen Dank, Doktor!

Erhol dich gut!
Wenn du schwermütig wirst, summ ein Lied, das wird dich wieder aufheitern.
Stimmt ...
Ich werde auch versuchen, *La Golondrina** oder was ähnliches zu singen!
Mach das!
*dt.: Die Schwalbe. Ein populäres mexikanisches Lied von Narciso Serradell Sevilla von 1862.
Auch die Schwalbe ruht ihre Flügel auf den langen Flügen aus.
Du brauchst nichts überstürzen.
Ich bin mir sicher, du wirst zu deinem Ziel gelangen.

Aber selbst wenn Rivera nichts anfängt, wird BB nicht irgendwann den ersten Schritt machen?
Wahrscheinlich …
Jetzt, da Joker verstorben ist, wäre es nicht abwegig, wenn es irgendwann losgeht …
Passt bitte auf euch auf, du und Neto. Ich bin regelrecht krank vor Sorge!
Danke, Yuto.
Werd auch du schnell wieder fit!
Tonya!
Lass uns gehen. Yuto ist verletzt, du darfst ihn nicht zusätzlich ermüden.
Das weiß ich doch! Männer sind immer so kurz angebunden ….
Neto …
Danke, dass du extra hierhergekommen bist.

Aha ...
Rivera scheint rasend vor Wut.
Er läuft den Flur auf und ab, wie ein in einem äfig eingesperr-ter Bär.
Es beruhigt mich nur leider nicht, da es eine Inkubationszeit gibt ...
Ist doch klar!
Er macht den Eindruck, als würde er jeden Moment losstürmen und sich mit BB 'ne Messersteche-rei liefern.
Die letzte Nacht war der Horror. In den Zellen war die Hölle los und alle aus meinem Teacup* wurden aus-einandergerissen.
*Hier ist ihre Gruppe von Schwestern gemeint.
Keine Sorge!
Er kennt seine Position sehr gut, deswe-gen wird er sich nicht von Gefühlen lenken lassen.

Ich hab eine Schwester, mit der BB mal zusammen war, über die Sache ausgefragt.
Und, wie ist es gelaufen?
Sie sagte, er sei ein Mann, der beim Sex ziemlich vorsichtig ist.
Selbst beim Oralsex soll er immer ein Kondom verwendet haben.
Als du bewusstlos warst, hat Spencer dich untersucht. Offenbar konnte er rektal kein Sperma sicherstellen.
Deswegen stellte sich die Frage, ob er bei der Vergewaltigung ein Verhütungsmittel benutzt hat.
Vor einem halben Jahr hat BB auf eigenen Wunsch einen Bluttest machen lassen.
Zu jener Zeit war er mit keinerlei Geschlechtskrankheiten infiziert.
Da er sehr vorsichtig ist, war es für ihn wohl selbstverständlich, ein Kondom zu benutzen, auch als er dich angefallen hat.

Ent-schul-digt ...
Störe ich? Soll ich noch mal rausge-hen?
W... Was redest du da, du Idiot?!
Hi hi!
Wieso Idiot? Ich dachte nur, ich nehm Rücksicht, wenn hier schon so gute Stimmung herrscht.
Ach Dick, du wirkst ja fast eifer-süchtig.
Ich werde mich schon nicht an deinem geliebten Yuto vergreifen.
...
Warum antwortet er nichts darauf ...?!
Ach ja, Dick ...

Sorry, Yuto ...
Es ist hart für Neto, dich verletzt zu sehen.
Yuto ...
Du hattest es selbst aber auch schwer, oder?
Ich kann BB dafür echt nicht verzeihen.
...
Danke ...
... aber mir geht's gut!
Ich warte draußen ...
Neto?

...
Puh ...
PATAM
Ich wurde plötzlich von hinten angegriffen.
Ich hab ihn nicht gesehen.
Dann hast du den Täter wirklich ...
MURMEL
... besteht darauf, dass er während des Vorfalls auf dem Klo war ...
Alles klar. Ich werde das so berichten ...
Owen ...

Aber ich ...
Miki, lass es bitte.
Wir sprechen hier von dem Boss einer Gang. Dieses Mal kommt's absolut nicht infrage.
Hörst du? Auf keinen Fall!
...
Renicks?
Seid ihr ihn alle besuchen gekommen?
Dick, darf ich Renicks befragen?
Ja, wir wollten gerade gehen ...

Seine Kräfte haben ihn verlassen, kurz bevor du hierhergetragen wurdest.
Nathan stattete ihm genau zu der Zeit einen Krankenbesuch ab.
...
Yuto ...

...
Ah!
Dick ...
... was ist mit Joker ...? Bis gestern war er noch hier, oder?
Er ist doch nicht etwa ...?
Doch. Er war nicht mehr zu retten ...
...

DRÜCK

SEUFZ
Du bist also so eine Art Mann, was?
Heh!
...
Ich bin okay. Von so was lass ich mich nicht fertig machen ...
...
Ich darf mich von so was nicht unterkriegen lassen ...

Nicht für jemand anderen, sondern um meinetwillen.
Ich könnte es niemals ertragen, andere Leute meine Probleme bewältigen zu lassen.
Sollte ich an BB Rache nehmen, will ich es außerdem mit meinen eigenen Händen tun!

BALL
Deswegen möchte ich nicht, dass du was unternimmst.
Dick ...
Ich will versuchen, das durchzustehen.
Ich will darüber hinwegkommen, auch wenn's hart ist.
Gerade deswegen ...
... muss ich einen starken Willen bewahren.

»Yuto, haben sich seit du hier lebst nicht auch deine Empfindungen verändert?«
»Menschen sind Lebewesen, die von ihrem Umfeld beeinflusst werden.«

In Wirklichkeit bist du so frus-triert, dass du sterben könn-test, richtig?
Du hasst BB, nicht wahr?
Dann schlag zurück! Hier existiert kein Gesetz, das ihn dafür bestrafen wird. Wenn er dich fertiggemacht hat, bleibt nichts anderes, als es ihm heimzuzahlen.
Ich stehe dir zu Diens-ten, Yuto.
Du musst nur etwas sagen, überlasse es ganz mir.

Dick, was redest du da?
Es würde mir keine Probleme bereiten, einen solchen Arsch zu töten.
Solltest du dich dadurch auch nur ein bisschen besser fühlen, strecke ich den Scheißer nieder.
Dick ...!
Hör bitte auf!
Ist schon gut! Ich bin okay.
Du lügst.

Ich werde mich an ihm rächen.
Ich werde ihm den Schmerz und die Demütigung, die du zu spüren bekommen hast, vielfach zurückzahlen.
Dick ...?
Solltest du dir seinen Tod wünschen, mach ich auch das gerne.

Sorry ...
Dabei hattest du mich gerade erst gewarnt ...
Ich war zu unvorsichtig und hab's mir selbst eingebrockt.
Hör auf!
Du bist das Opfer. Beschuldige dich nicht selbst!
Aber ...
... du hältst mich doch sicher für einen Vollidioten, oder?
So oft wie du mich gewarnt hast ...
Quatsch!
Ich denke jetzt nur daran, wie ich es BB heimzahlen kann.

Dick ...
...
... ich ...
Ich wurde vergewaltigt ...
Uh ...

War BB der einzige, der dich vergewaltigt hat?
...
Yuto, du brauchst nicht antworten, wenn du nicht willst.
...
Ja, aber ich hätte gerne einen Bluttest ...

Ich fühl mich benommen ...
Weil ich dir ein Beruhigungsmittel gespritzt habe. Du warst etwas außer dir, als du eingeliefert wurdest.
Es waren BB und seine Gang, die dich im Duschraum überfallen haben, nicht wahr?
Ja, ich wurde hintergangen. Hawes und die Wache Owen waren mit darin verwickelt.
Sogar Hawes?
Ich glaube, sie haben ihn bedroht.
Wahrscheinlich wurde er erpresst und sollte mich in die Duschen bringen, falls er heil davonkommen wollte.

...
Dunkel ...
POCH
POCH
Wir sind auf der Krankenstation.
Du bist im Duschraum zusammengebrochen.
Erinnerst du dich, dass du auf einer Liege hierhergebracht wurdest?.
Du hattest eine Schnittwunde an der Stirn. Ich musste sie mit drei Stichen nähen.

Bist du wach, Yuto?

DEADLOCK

Mission: 10

DEADLOCK

Nathan Clark

Er ist freiwilliger Angestellter in der Rechtsbibliothek und fungiert als eine Art Anwalt für die Insassen.

Miki Mikele Ronini

Sitzt wegen eines Banküberfalls hinter Gittern. Er liefert verbotene Waren.

Matthew Cain

Ein Junge, der zeitgleich mit Yuto eingeliefert wurde. Er ist der Zellengenosse von Hawes.

Neto Ernesto Rivera

Anführer der Chicanos. In Einzelhaft entwickelte er eine tiefe Freundschaft zu Yuto.

BB Bob Trenker

Die Nummer zwei der Schwarzen-Gang. Seit Yuto eingebuchtet wurde, hat er es wie besessen auf ihn abgesehen.

Tonya

Managerin der Transgender-Schwestern. Sie ist in Wirklichkeit Netos kleine Schwester.

Was bisher geschah

Yuto wird während seiner Ermittlungen über einen Drogenring für die DEA aufgrund der falschen Anschuldigung, seinen Partner umgebracht zu haben, in das Shelger-Gefängnis eingebuchtet. Die einzige Bedingung, um aus dem Gefängnis wieder rauszukommen: Die Identität von Corvus, dem Anführer einer terroristischen Organisation entlarven! Corvus versteckt sich in dem Gefängnis.

In dem Gefängnis, in dem Gewalt und Vergewaltigungen Normalität sind, ermittelt er inmitten der verdächtigen Corvus-Kandidaten, als Matthew von dem Chicano Bernal vergewaltigt wird! Miki, der sich für den Jungen, den er als seinen geliebten kleinen Bruder ansieht, rächen will, ist ganz außer sich und schmiedet einen Racheplan. Als Yuto sich jedoch weigert, den Täter der Rachetat bei seiner Befragung preiszugeben, landet er in Einzelhaft. Dort entsteht eine tiefe Freundschaft mit dem Insassen der Nachbarzelle, Rivera, dem Anführer der Chicanos.

Als Yuto aus der Einzelhaft entlassen wird, bekommt er hohes Fieber und während Dick ihn verarztet, erzählt Yuto ihm seine Lebensgeschichte. Yuto hört kurz darauf jedoch von Nathan, dass es sich bei Dicks Verbrechen um Polizistenmord handelt und erleidet einen heftigen Schock. An jenem Tag bittet Hawes Yuto um Hilfe beim Baden. Allerdings wartet im Duschraum BB auf ihn und Yuto muss dort zum ersten Mal schreckliche Brutalität und eine Vergewaltigung über sich ergehen lassen ...

DEADLOCK Zusammenfassung

Story & Charaktere

Yuto Renicks

Ehemaliger Ermittler bei der Drogenfahndung der DEA. Er sitzt wegen einer falschen Anschuldigung hinter Gittern. Das FBI hat seinen Werdegang verfolgt und einen Deal mit ihm ausgehandelt. Er soll in geheimer Mission die Identität eines Terroristen herausfinden. Sollte ihm dies gelingen, würde er aus dem Gefängnis entlassen werden.

Dick Burnfold

Yutos Zellengenosse. Er ist innerhalb des Gefängnisses sehr beliebt und genießt ein hohes Ansehen. Yuto gegenüber zeigte er sich jedoch zunächst sehr kühl. Er ist in der Krankenstation als Freiwilliger angestellt.

Mark Haiden

Special Agent der Counter Terrorism Division des FBIs. Er bot Yuto die Ermittlung nach Corvus an.

Corvus

Der Anführer einer Terroristenorganisation versteckt sich in diesem Gefängnis. Er ist etwa 30 Jahre alt, weiß und hat auf dem Rücken eine große Brandnarbe. Darüber hinaus ist seine Identität ein Rätsel.

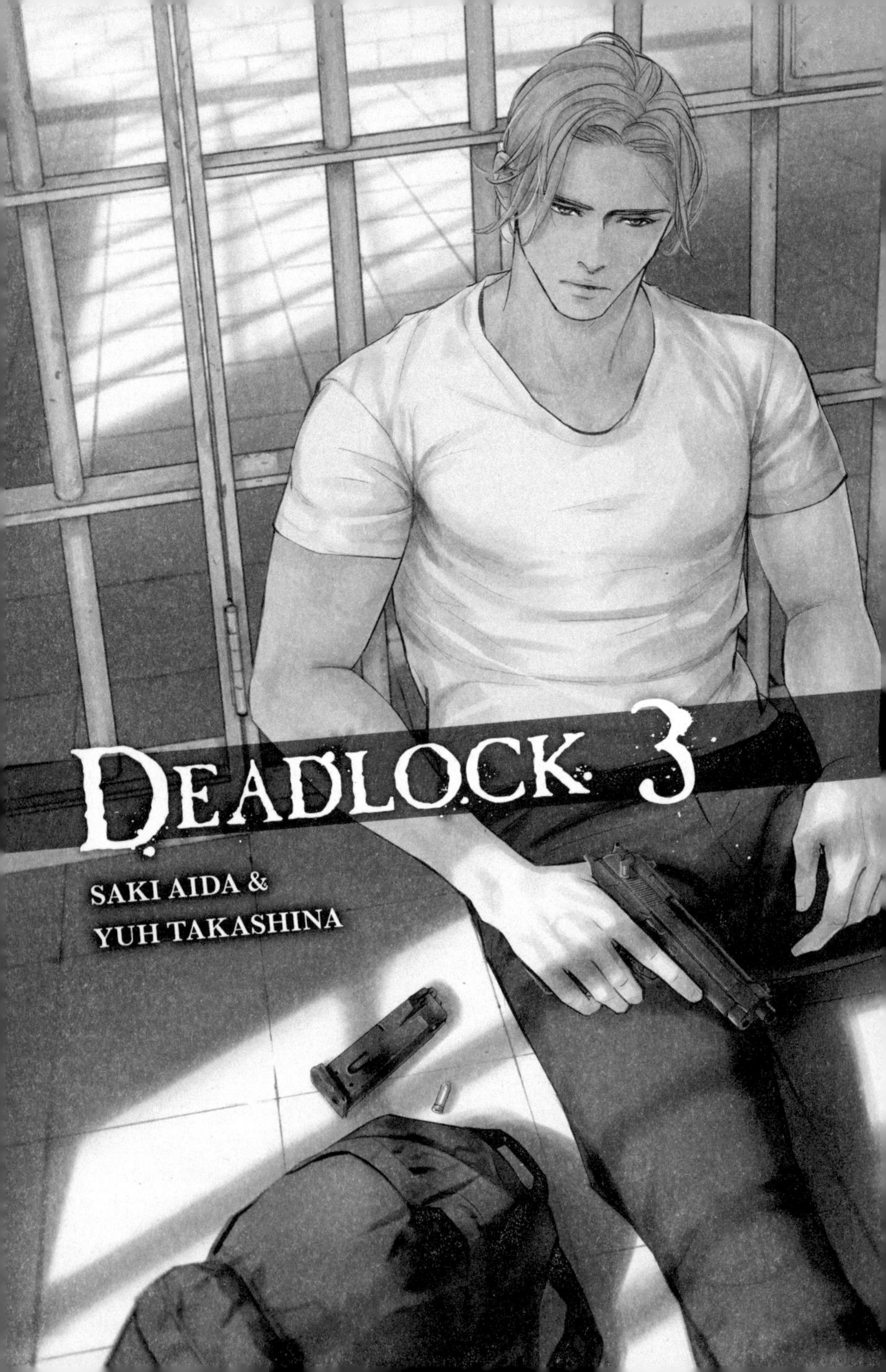
DEADLOCK 3
SAKI AIDA &
YUH TAKASHINA

DEADLOCK

INHALT

DEADLOCK

3

Saki Aida & Yuh Takashina

TOKYOPOP

TOKYOPOP GmbH
Hamburg

TOKYOPOP
1. Auflage, 2020
Deutsche Ausgabe/German Edition

Aus dem Japanischen von Iga Marta Handtke

First published in Japan in 2020
by TOKUMA SHOTEN PUBLISHING CO.,LTD.,Tokyo.
German language translation rights
arranged with TOKUMA SHOTEN PUBLISHING CO.,LTD.,Tokyo
through Tuttle-Mori Agency, Inc., Tokyo.

Redaktion: Anna Shoe
Lettering: Vibrant Publishing Studio
Herstellung: Shujun Wong
Druck und buchbinderische Verarbeitung:
CPI–Clausen & Bosse GmbH, Leck
Printed in Germany

MIX
Papier
FSC FSC® C083411

Wir achten auf die Umwelt.
Dieses Produkt besteht aus FSC®-zertifizierten und anderen kontrollierten Materialien.

ISBN 978-3-8420-6635-9

www.tokyopop.de